# 两列小火车

文:〔美〕玛格丽特·怀斯·布朗
图:〔美〕利奥、黛安娜·狄龙
翻 译:谭海澄

河北教育出版社

图书在版编目（CIP）数据

两列小火车／（美）布朗著；（美）利奥，（美）狄龙绘；谭海澄译.
—石家庄：河北教育出版社，2009.7
（启发精选世界优秀畅销绘本）
ISBN 978−7−5434−7336−2
Ⅰ.两… Ⅱ.①布…②利…③狄…④谭… Ⅲ.图画故事－美国－现代 Ⅳ.I712.85

中国版本图书馆CIP数据核字（2009）第088476号

冀图登字：03−2009−003

**Two Little Trains**

Two Little Trains by Margaret Wise Brown and illustrated by Leo Dillon and Diane Dillon
Text copyright © 1949, renewed 1977 by Roberta Brown Rauch
Illustrations copyright © 2001 by Leo and Diane Dillon
Simplified Chinese translation copyright © 2009 by Hebei Education Press
Published by arrangement with HarperCollins Children's Books
through Bardon-Chinese Media Agency
All rights reserved.

本简体字版 © 2009由台湾麦克股份有限公司授权出版发行

## 两列小火车

编辑顾问：余治莹
译文顾问：王　林
责任编辑：颜　达　马海霞
策划：北京启发世纪图书有限责任公司
　　　台湾麦克股份有限公司
出版：河北教育出版社　www.hbep.com
　　　（石家庄市联盟路705号 050061）
印刷：北京盛通印刷股份有限公司

发行：北京启发文化传播有限责任公司
　　　www.7jia8.com　010−51690768
开本：889×1194mm　1/16
印张：2
版次：2009年7月第1版
印次：2009年7月第1次印刷
书号：ISBN 978−7−5434−7336−2
定价：29.80元

献  给
安东尼雅·马凯特、安柏特·赛塔和约翰·维塔尔
——利奥、黛安娜·狄龙

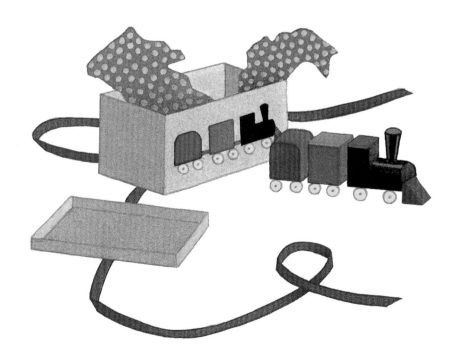

两列小火车沿着铁轨出发了，
两列小火车往西走。

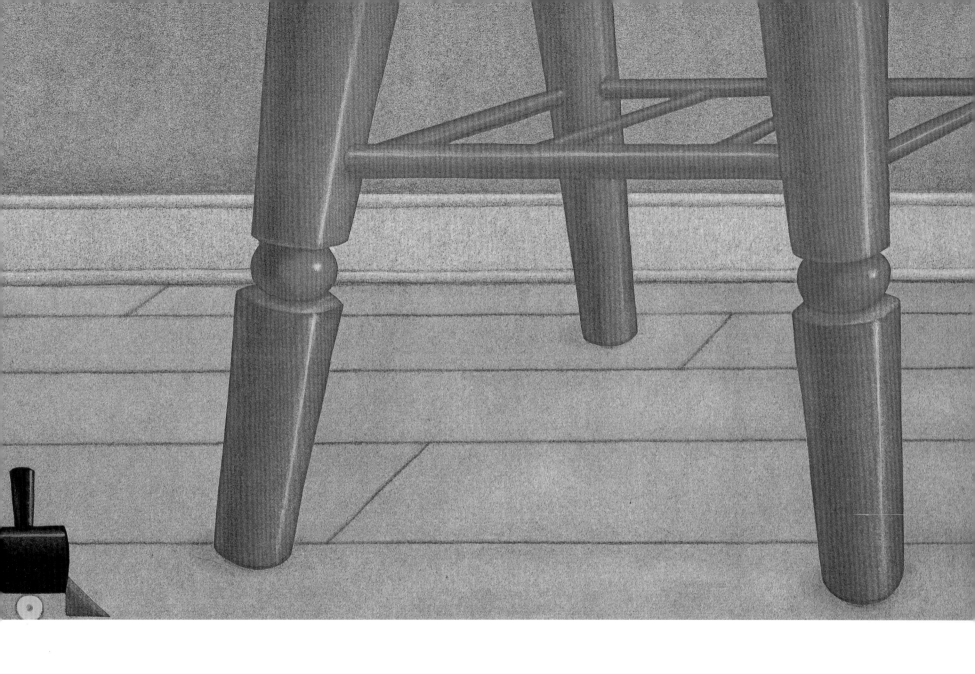

嘟、嘟、嘟！呜、呜、呜！
两列小火车往西走。

一列是流线型的新火车，

嘟、嘟、嘟！　往西走。

一列是旧式的老火车，

呜、呜、呜！往西走。

往下看啊，往下看，

那长长的铁轨，

那通往西方的
长长铁轨。

两列小火车来到了一座山坡，
一座通往西方的山坡。

嘟——呜——

它们穿过山坡底下，往西走。

往前看啊，往前看，
那长长的、黑漆漆的山洞，

那通往西方的
长长的、黑漆漆的山洞。

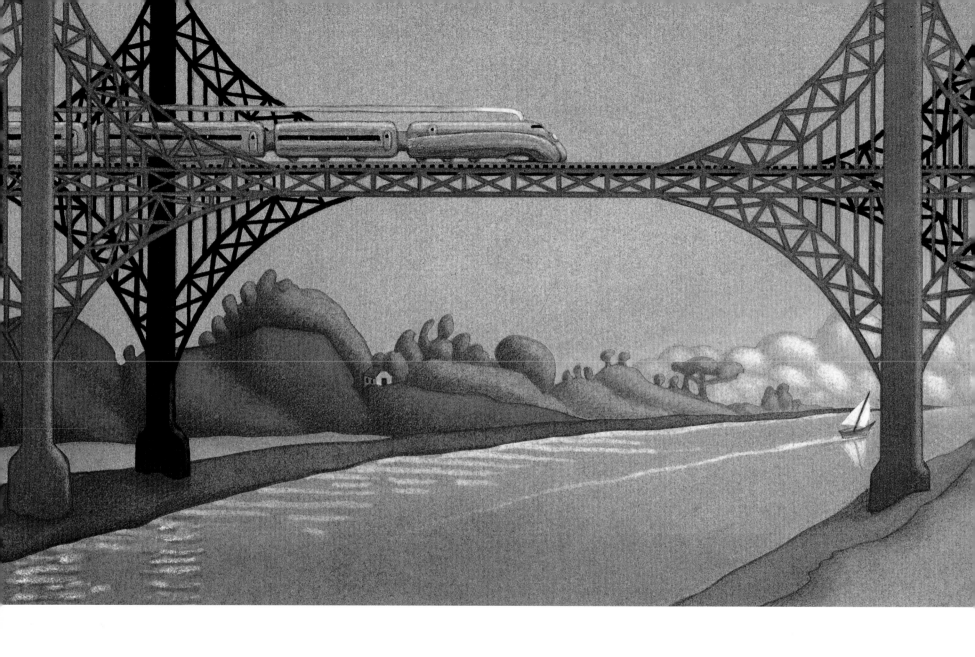

两列小火车来到了一条河流，
一条通往西方的河流。

嘟、嘟、嘟！ 呜、呜、呜！
它们越过那条通往西方的河流。

往下看啊，往下看，

在桥梁下，

有条又深又暗

通往西方的河流。

雨 水 淋 湿 了 两 列 小 火 车 ，
那 两 列 往 西 走 的 小 火 车 。

雨水使得火车变暗了些，湿湿的、亮晶晶的，
它们一路前进，往西走。

雪 飘 下 来 了 ， 覆 盖 了 地 面 ，
也 覆 盖 了 那 两 列 往 西 走 的 小 火 车 。

雪使火车变得白白的、毛绒绒的，
它们还是急急忙忙地，
嘟、嘟、嘟！呜、呜、呜！往西走。

月 亮 照 着 发 亮 的 铁 轨

和 那 两 列 往 西 走 的 小 火 车 。

它们奔驰着，听见了
从西方传来的黑人唱的歌。

往下看啊，往下看，
那条我们必经的、长长的铁轨；

那条回家路上必经的、

长长的铁轨和坚固的栅栏。

风儿吹着，尘埃飞着，

绕着那两列往西走的小火车打转。

但风沙灰尘吹不散那两列往西走的小火车
传出的嘟嘟、呜呜的汽笛声。

过了平原，看见高高的山脉，
两列小火车开始往上爬。

上 上 下 下 ， 左 转 右 绕 ，
总 算 爬 过 了 通 往 西 方 的 高 山 。

海真大呀，海真蓝呀，
过了西方陆地，就是大海。

两列小火车停下来了。

旅程的终点到了。

它们终于来到了西方的边界。